Augustin Pierre Isidore de Polinière

Rapport fait a la Société de médecine de Lyon, au nom d'une commission

Antigonos

Augustin Pierre Isidore de Polinière

Rapport fait a la Société de médecine de Lyon, au nom d'une commission

Réimpression inchangée de l'édition originale de 1839.

1ère édition 2024 | ISBN: 978-3-38605-684-7

Antigonos Verlag est une marque de Outlook Verlagsgesellschaft mbH.

Verlag (Éditeur): Outlook Verlag GmbH, Zeilweg 44, 60439 Frankfurt, Deutschland
Vertretungsberechtigt (Représentant autorisé): E. Roepke, Zeilweg 44, 60439 Frankfurt, Deutschland
Druck (Imprimerie): Libri Plureos GmbH, Friedensallee 273, 22763 Hamburg, Deutschland

RAPPORT

FAIT

A LA SOCIÉTÉ DE MÉDECINE DE LYON.

RAPPORT

FAIT

A LA SOCIÉTÉ DE MÉDECINE

DE LYON,

AU NOM D'UNE COMMISSION

COMPOSÉE DE

MM. POLINIÈRE, *président de la Société;*
ROUGIER, *secrétaire-général;* MARTIN, MERMET, BAUMERS, JANSON,
BUGNARD, LAROCHE, LEVRAT AÎNÉ, REPIQUET,
IMBERT, BONNET et RATER,

ET LU DANS LA SÉANCE DU 13 MAI 1839,

Par M. POLINIÈRE,

RAPPORTEUR.

LYON,
IMPRIMERIE DE BARRET, PLACE DES TERREAUX, 20.
—
1839.

RAPPORT

FAIT

A LA SOCIÉTÉ DE MÉDECINE

DE LYON.

MESSIEURS ,

Parmi les questions qui ont occupé une place importante dans vos discussions et dans vos travaux , on doit compter celle qui est relative aux luxations de la cuisse. L'espèce de luxation de la tête du fémur que les auteurs nomment congénitale , ou qui est réputée telle, a dû devenir pour vous un objet d'étude toute particulière , depuis qu'un de nos honorables confrères vous a présenté sur ce cas pathologique , non seulement des considérations théoriques d'un grand intérêt , mais encore des résultats pratiques capables de les étayer et p'en rehausser la valeur.

Depuis les temps anciens jusqu'à nos jours, la triste infirmité causée par la luxation congénitale du fémur, n'avait obtenu qu'une attention courte et stérile de la part des hommes les plus dévoués au soulagement des misères humaines. Elle était reléguée dans la catégorie malheureusement trop nombreuse de ces vices de conformation, apportés en naissant, réputés constitutionnels, et auxquels une loi prudente de l'art de guérir : *primùm non nocere*, défend de toucher.

Cependant les enseignements donnés par Hippocrate sur ce point délicat de la science, auraient dû exciter une émulation persévérante, et inviter les praticiens à des tentatives jusqu'à ce jour négligées. Dans son *Traité des articles*, περί άρθρων, le médecin de Cos, après avoir dit que la tête du fémur peut sortir de sa cavité articulaire de quatre manières différentes, les décrit avec soin, signale les plus fréquentes et les plus rares, et enfin donne des explications détaillées sur les différents modes de traitement qu'elles réclament. Les réflexions qu'il y joint, se présentent à nous, malgré leur date de 2,300 ans, avec un air de nouveauté et de progrès, qui me fera pardonner la longueur de quelques citations.

« Quand la luxation du fémur arrive avant l'âge de l'accroissement, et qu'on n'a pu parvenir à la réduire, la cuisse, la jambe et le pied restent plus petits, les os n'acquièrent pas leur longueur, surtout le fémur ; la jambe est maigre, sans chairs et faible, tant parce que le fémur se trouve hors de son articulation, que parce qu'il ne peut faire les mouvements auxquels la nature l'avait destiné. C'est l'exercice modéré qui fortifie principalement les parties et qui les fait croître. Ceux donc en qui la luxation arrive dans le sein de leur mère, en sont le plus grièvement affectés ; puis ceux en qui elle arrive durant l'enfance. On est moins incommodé de la luxation, quand elle arrive après l'adolescence........ »

« Si la luxation, dit-il ailleurs, est au haut de la cuisse, le fémur n'arrive point à sa grandeur ordinaire ; il est l'os le plus voisin au-dessous du mal ; il devient plus court que celui de l'autre cuisse. Ceux de la jambe ne perdent pas tant de leur accroissement, ni même ceux du pied, parce que l'articulation de la jambe avec la cuisse, et celle du pied avec la jambe restent dans l'état naturel. Les chairs cependant de tout le côté des extrémités inférieures perdent beaucoup de leur nourriture. »

Hippocrate revient souvent sur cet arrêt de développement en longueur de l'os de la cuisse, dans le cas de luxation congénitale.

« Lorsque la luxation du fémur en dehors s'est faite dans le ventre de la mère, ou durant l'âge de l'accroissement par un accident quelconque, et qu'elle n'a pas été réduite ; ou même lorsqu'elle est le produit de quelques maladies, comme on le voit souvent, soit qu'il se soit fait une carie à la tête du fémur, soit que sans carie l'os ait été mis à découvert, le fémur est, dans tous les cas, beaucoup plus court que du côté sain ; car il ne prend pas le même accroissement.... La jambe aussi est un peu moins longue, par les raisons que j'ai données. »

Le cas de double luxation avait été apprécié avec une admirable sagacité par le père de la médecine.

« Il y a des gens, dit-il, en qui les fémurs sont tous deux luxés en dehors, soit de naissance, soit à la suite de quelque maladie. Les os des cuisses éprouvent de chaque côté ce que je viens de dire, et les chairs s'atrophient de même. Les jambes sont cependant assez bien nourries, à la réserve de la partie intérieure. Elles prennent l'une et l'autre leur nourriture, parce qu'elles travaillent chacune également. On se jette, en marchant, tantôt d'un côté, tantôt de l'autre. Les fesses sont relevées en bosse de chaque côté, à cause de la saillie des deux fémurs. On reste droit de tout le tronc au-dessus de l'ischium, à moins qu'il ne se soit fait une carie aux extrémités des os, comme on l'a vu quelquefois. S'il n'arrive rien autre, on jouit d'ailleurs d'une bonne santé. Le reste du corps ne prend cependant pas sa taille ordinaire, à la réserve de la tête..... »

La médecine du XIXe siècle, Messieurs, a-t-elle quelque chose à ajouter à ce tableau ?

Dans le *Traité des articles* on voit, et ceci est important à remarquer, qu'Hippocrate recommande toujours d'appliquer aux luxations congénitales des procédés de traitement analogues à ceux qui sont indiqués pour ces mêmes luxations postérieures à la naissance.

Mais, tout en annonçant que des guérisons de la luxation congénitale du fémur peuvent être obtenues, Hippocrate n'en mentionne pas explicitement des exemples, et même il ne se dissimule pas les difficultés ou les impossibilités de la guérison, qu'il considère cependant comme étant un objet essentiel d'étude : « Car, dit-il, les divers états pathologiques se tenant par le même lien, on ne saurait les séparer. Il faut d'ailleurs connaître au sujet des maux incurables, comment ils s'engendrent, afin de tâcher de les prévenir, toutes les fois que cela est possible ; il faut les connaître pour les empêcher de devenir plus graves, pour en faire des pronostics clairs et certains, dans lesquels on distingue les issues des divers états : quels sont ceux qui admettent la guérison et ceux qui ne l'admettent point. »

J'ai cru devoir, Messieurs, vous rappeler les grandes idées, les idées pratiques du père de la médecine, parce qu'elles semblent être méconnues et livrées à un injuste oubli. Si les successeurs de cet homme immortel eussent docilement mis à profit ses leçons, ils n'auraient pas cessé d'étudier avec ardeur les maladies jugées incurables ; et celle qui fait l'objet de ce rapport n'aurait pas été, pour ainsi dire, passée sous silence, depuis l'époque où florissait Hippocrate jusqu'à la fin du xviii siècle : car il faut arriver à l'année 1780 pour retrouver des descriptions intéressantes de la luxation congénitale du fémur, et c'est au savant Palleta que nous en sommes redevables.

Lorsque l'anatomie pathologique excitait, il y a quelques années, un enthousiasme tel que l'on s'empressait de faire plier devant elle toutes les branches de l'art de guérir, même celles qui ne sont fructueuses que par leur indépendance du scalpel de l'anatomiste, la luxation spontanée ou consécutive et la luxation congénitale du fémur durent appeler l'examen. Cette dernière affection devint, en effet, le thème d'une dissertation publiée par M. le professeur Dupuytren, et récemment réimprimée dans le recueil de ses leçons orales. « Il est une espèce de déplacement de l'extrémité supérieure des fémurs, dit le célèbre chirurgien, de laquelle je n'ai trouvé aucune indication dans les auteurs, quelques recherches que j'aie faites pour la découvrir. »

C'est ainsi que M. Dupuytren, marchant sur les traces récentes de Palleta, qu'il ne cite pas, entre en matière, pour nous donner comme une découverte de sa part, ce que les annales de la science renfermaient depuis tant de siècles, avec cette différence cependant que les conclusions de M. Dupuytren, absolument décourageantes, devaient détourner ses disciples de toute tentative de traitement curatif ; car il attribuait l'infirmité à l'absence complète ou à l'oblitération de la cavité cotyloïde, et signalait dans ce vice de conformation un obstacle invincible. Citons textuellement : « C'est moins, dit-il, le triste avantage d'ajouter une infirmité nouvelle au catalogue déjà trop nombreux des infirmités humaines, qui me porte à donner une courte description de ce déplacement, que le désir d'éviter aux gens de l'art de graves erreurs de jugement, et aux malades des traitements aussi inutiles qu'ils sont rigoureux. » Et plus loin il ajoute : « Ces déplacements ne comportent ni remède curatif, ni même de palliatif bien efficace. A quoi serviraient des tractions exercées sur les membres inférieurs? En supposant que par ce moyen, on pût ramener les membres à leur longueur, n'est-il pas évident que la tête des fémurs, ne trouvant aucune cavité pour la recevoir et capable de la retenir, le membre perdrait, dès qu'on l'abandonnerait à lui-même, la longueur qu'on lui aurait rendue par l'extension ? »

Après une telle sentence prononcée par l'un des oracles de la chirurgie moderne, sentence que venaient fortifier encore les écrits de Palleta et la parole imposante du professeur Delpech, qui aurait osé se livrer, sans crainte d'encourir le blâme ou le ridicule, au traitement des luxations congénitales du fémur ?

Cette infirmité était donc décidément bannie du domaine où s'exerce l'art de guérir ; car les intéressantes recherches de M. le docteur Sédillot, qui ont fait entrevoir la possibilité, en certains cas, de la réduction des luxations congénitales, n'étaient pas encore connues.

Cependant une circonstance heureuse , un de ces hasards qui ne se présentent d'ordinaire qu'aux hommes patients et laborieux, éveilla l'imagination d'un chirurgien livré à l'une des spécialités de l'art. M. Humbert, orthopédiste à Morley (Meuse), avait eu sous les yeux, en 1817, un cas remarquable de luxation spontanée. Incessamment préoccupé de ce fait et de quelques autres analogues, plein de confiance dans l'efficacité de ses machines, auxquelles il devait, dans plusieurs cas de difformité étrangers aux luxations, mais très graves, des cures inespérées, M. Humbert, après dix années de méditations, aborda hardiment, en 1828, le traitement d'une luxation spontanée, qui datait de plus de six mois, et ne crut point se faire illusion en affirmant qu'un succès complet avait couronné l'entreprise.

Encouragé par le précieux résultat qu'il croyait avoir obtenu, M. Humbert rechercha les occasions de traiter les luxations coxo-fémorales, ou plutôt les occasions vinrent au-devant de lui ; et, dès lors, les luxations congénitales ne lui parurent pas résister davantage à ses ingénieux procédés, que ne l'avaient fait, selon sa croyance, les luxations spontanées plus ou moins récentes.

Les cures proclamées par M. Humbert ont-elles reçu la sanction du monde médical ? Cette question, qui reste encore sans réponse définitive, fait naître des réflexions sévères, surtout si l'on considère que l'Académie des sciences, tout en décernant une glorieuse récompense à M. Humbert à cause de ses travaux, a évité d'émettre un jugement sur la nature précise de leurs résultats ; et que d'ailleurs l'Académie royale de médecine elle-même, dont la mission spéciale est de se prononcer sur la valeur de faits si propres à l'intéresser à un haut degré, montre encore de l'hésitation. En attendant la décision solennelle de cette savante Compagnie, plusieurs de ses membres se sont livrés à des débats jusqu'à ce jour peu favorables aux prétentions de l'orthopédiste de Morley.

M. le professeur Breschet, entr'autres, a pu se convaincre, qu'il n'y avait qu'amélioration chez les malades sortant de l'établissement de Morley et réputés guéris : amélioration consistant en ce que la tête du fémur, mobile de haut en bas avant le traitement, devenait plus fixe dans la nouvelle position où M. Humbert l'avait placée.

Il ne nous est pas permis de donner notre opinion sur des faits que nous n'avons pas été à même d'observer ; mais il en est un qui a dû nous occuper bien sérieusement, parce qu'il nous était soumis au moment où je venais de lire devant la Société de médecine un rapport sur les deux premières guérisons de luxation congénitale opérées par M. Pravaz.

A cette époque (octobre 1837), aucun doute ne troublait la confiance que m'inspiraient personnellement les assertions de M. Humbert. Cette confiance résultait de la lecture attentive de l'ouvrage qu'il a publié conjointement avec M. le docteur Jacquier, et dans lequel les observations des faits ont un caractère séduisant de simplicité et de véracité; elle résultait des nouvelles que me communiquaient des parents sur la situation de leur jeune fille, atteinte de luxation congénitale du fémur, naguère confiée aux soins de M. Humbert, lequel la leur renvoyait (disait-il dans une lettre très explicative) radicalement guérie. Cette confiance était encore fortifiée par les deux exemples de guérison de la même infirmité, que vous aviez sous les yeux dans l'établissement orthopédique de Montfleury, et ces deux faits étaient irréfragables.

Quel ne fut pas mon triste étonnement, lorsque, ayant examiné la jeune personne, réputée guérie par M. Humbert, j'eus acquis la décevante conviction que la tête du fémur n'était point replacée dans la cavité cotyloïde! Plusieurs de nos honorables confrères, entr'autres MM. Richard (de Nancy) et Nichet, invités à examiner cette jeune personne, pensèrent que la luxation, qui existait primitivement en arrière et en haut, avait été convertie en une luxation en arrière et en bas; et que, par l'effet du traitement suivi à Morley, la tête du fémur avait été amenée dans l'échancrure sacro-sciatique et logée sous le muscle pyramidal, devenu point d'appui. Ce résultat du traitement est une amélioration, sans doute, mais non une guérison. En serait-il des autres cas de guérison produits par M. Humbert, comme de celui-ci? L'opinion formulée par M. le professeur Breschet le ferait croire. Quant à nous, nous devons nous renfermer strictement dans la limite de notre observation ; mais il était impossible que tant de doutes , ou plutôt de dénégations n'eussent pas réagi sur nos esprits , de manière à éveiller une sorte de défiance de nos propres observations : aussi , les investigations de vos commissaires ont-elles été continuées avec un redoublement d'attention.

Quoi qu'il en soit , nous saurons conserver envers l'orthopédiste de Morley le sentiment de justice qui lui est dû. En admettant qu'il ait pu être séduit par une illusion facile à comprendre , votre commission ne suspecte point la bonne foi de ce praticien. Hâtons-nous donc de le dire , et c'est un devoir de reconnaissance : M. Humbert a rendu un service très réel et très grand à l'art orthopédique ; car il lui a ouvert une voie nouvelle ; car , sans la direction de ses travaux , l'infirmité , causée par la luxation congénitale du fémur , serait peut-être encore aujourd'hui considérée comme incurable.

C'est effectivement le récit des cures merveilleuses attribuées à M. Humbert , qui a produit une louable émulation ; et , sans cette circonstance , la Société de médecine de Lyon n'aurait peut-être pas l'honneur de compter parmi ses membres , l'orthopédiste dont le nom restera désormais attaché aux premières guérisons de luxation congénitale du fémur , qu'elle a observées et déclarées authentiques.

Un Mémoire présenté , en 1835 , à l'Académie royale de médecine par M. le docteur Pravaz , et dont un exemplaire est déposé dans nos Archives, contient l'histoire d'un cas de luxation congénitale du fémur que notre confrère est parvenu à réduire.

Cette observation est d'autant plus intéressante , qu'elle fait connaître un système de moyens mécaniques différent de celui de M. Humbert. Ce premier succès devait engager M. Pravaz à continuer l'usage des procédés , dont il avait éprouvé l'action avantageuse. Il s'est donc borné , dans les circonstances analogues , à y apporter , selon les indications variées , quelques légères modifications de détail.

Suivant la méthode de M. Pravaz , l'extension et la contre-extension continues du membre luxé , se font au moyen d'un appareil d'encastrement qui retient le bassin , et d'un poids variable suspendu à une corde qui passe sur une poulie de renvoi.

Le moment de la réduction arrivé , on substitue à l'action de la pesanteur l'effort d'un moufle fixé par l'une de ses extrémités à la bottine qui embrasse la totalité du membre , et par l'autre à un lévier mobile autour d'un pivot , dont l'excentricité , relativement à l'articulation de la hanche , est d'environ 10 à 12 pouces. La disposition de ces instruments mécaniques très simples permet de graduer , d'une manière presqu'insensible, la traction du membre , de lui donner la direction convenable et une telle énergie , que l'assistance d'une seule personne , même étrangère à l'art , peut suffire à l'opérateur.

Jusqu'à présent M. Pravaz n'a aucune raison de présumer que l'expérience l'oblige à changer les principales combinaisons de ses appareils , ou à les compliquer. En 1837 , 38 et 39 , comme en 1834 , où il employa pour la première fois les appareils dont je viens de rappeler ici les dispositions , ils ont entièrement répondu à son attente.

Pour rendre la réduction définitive , et consolider la guérison , M. Pravaz faisait d'abord exécuter au membre des mouvements passifs de flexion et d'extension , destinés à augmenter la profondeur de la cavité cotyloïde. Plus tard , il leur a substitué avec avantage, l'exercice actif et spontané des muscles qui environnent l'articulation.

Un petit char qui peut être comparé aux machines locomotives conduites par la vapeur , et roulant comme elles sur des rails de fer, reçoit le jeune sujet, qui s'y place à demi-couché, en supination.

Dans cette position, au moyen de ses pieds, et par l'intermédiaire de deux bielles , il met en mouvement les roues du char.

L'exercice musculaire très actif, provoqué par ce procédé simple et ingénieux dont nous avons observé l'action et les effets , est sans doute bien préférable à la·marche aidée des béquilles à roulettes.

La progression du char ayant lieu par le mouvement alternatif et continuel des deux membres inférieurs , la tête du fémur exerce un frottement de semi-rotation dans la cavité cotyloïde. Si j'osais me servir ici d'une expression empruntée aux arts mécaniques, afin de mieux rendre ma pensée qui est cependant toute physiologique , je dirais que la tête du fémur taraude, en quelque sorte, la cavité cotyloïde dont la capacité et la profondeur avaient été, en grande partie, diminuées. Cette cavité articulaire s'accoutume ainsi à la présence du corps osseux qu'elle a nouvellement reçu , et qui doit dorénavant rester contigu à ses parois.

Le jeune sujet , dont les membres inférieurs impriment le mouvement au char , peut se livrer à cet exercice avec toute la vivacité de son âge, sans crainte de récidive de la luxation; car des bandes de cuir , placées comme une ceinture , compriment suffisamment les grands trochanters , pour prévenir et empêcher le déplacement de la tête du fémur.

Au nom de votre commission, Messieurs , j'ai cru devoir insister sur la description de cette machine locomotive et sur l'appréciation de ses effets , parce qu'on y voit une heureuse application des lois physiologiques, et que l'intervention de la physiologie dans ce mode de traitement orthopédique, est un progrès important , entièrement dû à l'esprit inventif de

M. Pravaz , qui s'est montré non seulement orthopédiste , mais encore médecin.

Les deux jeunes sujets qui ont donné lieu aux observations que renferme le Mémoire de notre collègue, ont été soumis à l'examen, au contrôle de la Société de médecine tout entière, avant, pendant et après le traitement.

Chez le petit garçon, âgé alors de huit ans, et parvenu aujourd'hui à sa dixième année, la luxation congénitale a été guérie sans laisser de trace sensible de son existence; il marche avec facilité , il est absolument exempt de claudication. Vous l'avez revu, Messieurs , dans votre séance du 29 avril 1839, c'est-à-dire deux ans après la réduction, et vous avez pu juger si sa guérison est solide.

Vous avez apporté dans ce dernier examen une attention d'autant plus grande , que cet enfant, présenté l'an dernier à l'Académie royale de médecine , a été l'occasion d'un article inséré par M. le docteur Bouvier dans le journal l'*Expérience*. Ce médecin ayant élevé des doutes sur la réalité d'une guérison que nous avons affirmée dans notre premier rapport, il ne nous est pas permis de passer son écrit sous silence. Tout ce qu'il contient au sujet de cet enfant se résume en quatre points :

1° Le malade boîte, et le membre est plus court que l'autre ;

2° L'abduction se fait avec difficulté ;

3° En fléchissant la cuisse, on sent en arrière la tête du fémur ;

4° Dans les luxations congénitales, la capsule rétrécie étrangle le col fémoral; elle le maintient fortement appliqué contre le cotyle, et ne lui permet que des mouvements très bornés de circumduction ; de là, impossibilité de faire descendre par des tractions la tête du fémur en face de la cavité cotyloïde.

Les deux premières objections reposent sur deux erreurs de fait : le malade ne boîte point ; le membre est aussi long que son congénère , et l'abduction n'y est pas moins étendue que dans celui-ci.

La saillie en arrière de la tête du fémur est un phénomène normal , et si normal qu'il est noté comme tel dans les traités classiques d'anatomie, celui de Boyer, par exemple.

L'étranglement du col par la capsule rétrécie est une disposition tout-à-fait étrangère aux luxations congénitales. Les pièces pathologiques que M. Pravaz vous a présentées , les considérations dans lesquelles il est entré touchant l'étiologie de ces sortes de déplacements , en vous donnant une idée toute différente et surtout plus vraie des rapports de la tête et du col fémoraux avec la capsule, vous ont convaincus qu'aucun obstacle à la descente de la tête et à sa rentrée dans le cotyle ne pouvait provenir du ligament orbiculaire.

Quant à la petite fille, âgée de 12 ans , elle conserve encore une très légère claudication. Cette irrégularité doit être attribuée à l'arrêt de nutrition et de développement dont avait été frappé le membre luxé; mais il y a cette circonstance bien digne d'être signalée , que, depuis le replacement de la tête du fémur dans la cavité cotyloïde et la consolidation de la réduction, qui permet le libre exercice de la marche, la cuisse, la jambe et le pied prennent graduellement d'une manière sensible le développement en grosseur qui leur manquait, en sorte que le membre tout entier tend à devenir égal à son congénère. La longueur seule du fémur laisse encore quelque chose à désirer, suivant la remarque citée d'Hippocrate. La cuisse pourra-t-elle acquérir deux à trois lignes qui lui manquent? C'est ce que le temps apprendra , et ce qu'il est permis d'espérer ; car, dans le court espace de trois semaines , votre commission avait pu constater le progrès évident de la nutrition, et vous ne croyiez pas alors vous livrer à une prévision illusoire, en annonçant que, chez cette jeune fille, d'ailleurs bien constituée et d'un tempérament bilioso-sanguin, la disparition de l'inégalité de longueur des deux fémurs aurait probablement lieu sous l'influence vivifiante de la puberté.

Le fait dont il s'agit a donné lieu à un incident qu'il est à propos de mentionner. Le médecin ordinaire de cette jeune personne, M. le docteur Joffre de Villeneuve-de-Berg (Ardèche), ayant apprécié la gravité de ce cas pathologique, eut recours à plusieurs médecins et chirurgiens habiles, notamment à MM. Lallemand et Estor, professeurs de la Faculté de Montpellier, et leur fit connaître par un Mémoire très circonstancié la situation de la jeune malade. Les réponses motivées furent unanimes et sur la nature de l'infirmité, et sur la nécessité de s'abstenir de toute tentative de traitement, comme d'une chose non seulement inutile, mais encore dangereuse. Les médecins consultés déclaraient donc l'infirmité incurable. M. le docteur Joffre partageait entièrement cette opinion. Bien plus, il avait fait imprimer un Mémoire dont le but était d'infirmer les résultats annoncés par M. Humbert de Morley, et de démontrer leur impossibilité.

Cependant M. Joffre apprend que, dans l'établissement orthopédique du docteur Pravaz, sa jeune malade a obtenu le bienfait d'une guérison jugée impossible. Il accourt à Lyon, pénétré de l'idée qu'il y a là erreur et illusion. De quel étonnement n'est-il pas saisi, quand il voit et touche le membre dont la réduction est manifeste, quand il compare les deux articulations ilio-fémorales, quand il voit la jeune personne marcher devant lui !

Au moment où M. Joffre se rendait à l'évidence du fait, une circonstance fortuite le mit à même d'examiner la jeune personne que M. Humbert renvoyait à ses parents comme guérie, et chez laquelle, ainsi que nous l'avons dit, on ne pouvait reconnaître qu'une amélioration par changement de position de la tête du fémur. Alors, et dans l'émotion toute vive encore de la double impression qu'il venait de ressentir, M. Joffre écrivit à M. Humbert une lettre, qui provoqua de la part de l'orthopédiste de Morley une réponse peu mesurée dans ses termes, et dont vous m'avez chargé, Messieurs, de vous rendre compte.

Aux deux cas de guérison que je viens de vous rappeler, nous avons à ajouter aujourd'hui un troisième cas non moins remarquable. Il nous est offert chez une jeune personne, âgée de 10 à 11 ans, d'un tempérament lymphatico-sanguin et d'une bonne constitution.

Avant de commencer son traitement, M. Pravaz voulut que l'infirmité fût constatée par votre commission. Réunis en mai 1838, nous procédâmes avec la plus scrupuleuse attention à l'examen de la jeune malade, et l'on mit en écrit tous les documents fournis par une exploration et une mensuration exactes. La claudication dépendait du déplacement en arrière et en haut de la tête du fémur gauche, et datait des premières années de la vie.

Le traitement et son progrès ont été observés avec soin par la plupart des membres de la commission.

Vers la fin de septembre 1838, le Président du jury médical du Rhône, M. le professeur Stoltz de la Faculté de Strasbourg examina la jeune malade. A cette époque, la tête du fémur commençait à prendre place dans la cavité cotyloïde ; mais elle ne s'y maintenait encore qu'à la faveur des moyens d'extension. Le peu de profondeur de la cavité cotyloïde et les efforts instinctifs de la malade pour faire cesser le contact insolite et douloureux des surfaces articulaires, reproduisaient souvent la luxation. Pendant plus d'un mois, les manœuvres de réduction furent fréquemment renouvelées ; mais chaque jour elles devenaient plus faciles, et leur résultat se maintenait plus long-temps. Pour ne laisser aucun doute dans l'esprit de M. le professeur Stoltz, M. Pravaz le pria d'appliquer la main dans la région de l'aine, pendant que le membre serait porté dans une forte adduction et pressé de bas en haut. Par suite de cette manœuvre, M. Stoltz sentit la tête du fémur s'échapper avec un léger bruit de la cavité où elle était logée, et il put constater aussitôt tous les symptômes d'une luxation en haut et en dehors.

Depuis six mois environ, la tête de l'os n'a pas quitté la cavité cotyloïde, et s'y maintient solidement malgré les mouvements les plus variés et les plus étendus que la malade exécute.

Le mouvement de flexion de la jambe sur la cuisse reste encore incomplet; ce qui s'explique très bien par l'éloignement actuel des deux points d'attache du muscle droit antérieur de la cuisse, provenant de la rentrée de la tête du fémur dans sa cavité naturelle.

Considéré dans sa longueur, tout le membre ne présente qu'une différence de deux lignes avec son congénère. Quant à la grosseur de la cuisse, de la jambe et du pied, on y observe un arrêt de nutrition et de développement, mais bien moins marqué qu'on ne devrait s'y attendre, et qui disparaîtra, sans doute, par l'effet de la gymnastique.

Ce coup-d'œil rapide, Messieurs, que nous venons de jeter sur des faits d'une grande importance aurait pu suffire, il y a deux ans, pour vous faire apprécier les résultats obtenus. Aujourd'hui, les assertions de votre commission ne peuvent être dignes de votre confiance qu'en se montrant accompagnées de toutes les explications, et de toutes les preuves rendues nécessaires par la polémique animée dont le traitement des luxations congénitales est devenu l'objet.

Il nous paraît donc indispensable d'entrer ici dans plusieurs éclaircissements, et même de revenir sur divers points de la question que nous avons déjà touchés , mais qui demandent à être approfondis autant que le permettent les limites de notre travail.

L'auteur des deux Mémoires sur le traitement des luxations congénitales du fémur, présentés à la Société de médecine de Lyon, s'est proposé de démontrer théoriquement contre l'opinion de Palleta, de Dupuytren et de Delpech, récemment reproduite par M. le docteur Bouvier, la possibilité de réduire, dans certains cas , les déplacements du fémur qui ont eu lieu sans maladie articulaire et sans violence extérieure ; de prouver, par des faits irrécusables, que des réductions semblables ont été effectivement obtenues par les procédés qui lui sont propres ; de faire voir enfin que ces guérisons n'ont rien de commun avec celles qui ont été proclamées par M. Humbert et dans lesquelles M. le professeur Breschet, à Paris, et plusieurs d'entre nous, à Lyon, n'ont pu voir qu'un amendement, ou une transformation heureuse d'une infirmité en une autre infirmité moins grave.

Pour parvenir à établir le premier point, M. le docteur Pravaz a d'abord discuté les observations nécroscopiques, sur lesquelles se fondait l'opinion négative des auteurs dont les noms viennent d'être cités , et il a remarqué d'une part, qu'elles étaient en trop petit nombre pour servir de base solide à des assertions aussi absolues, et de l'autre, que ces observations , ayant été fournies par des sujets plus ou moins avancés en âge, les altérations de forme ou les arrêts de développement qu'on y observait dans les éléments réciproques de l'articulation, n'impliquent point la nécessité d'un état primitif ainsi constitué, et invinciblement opposé au rétablissement du rapport normal de ces éléments.

A l'appui de cette remarque, M. Pravaz vous a montré, Messieurs, différentes pièces anatomiques, où l'on ne rencontre effectivement aucune déformation assez grave, soit

du cotyle, soit de la tête articulaire et de ses attaches liga-
menteuses, pour faire prononcer que la réduction eût été
impossible, si on l'avait tentée à un âge convenable.

Des faits analogues, publiés par M. Sédillot dans le journal
l'*Expérience*, confirment pleinement les restrictions qu'il
convient d'apporter aux conclusions prématurées des premiers
écrivains qui ont traité des luxations congénitales.

Un examen attentif, non seulement des données fournies
par l'anatomie pathologique, mais encore de l'étiologie des
luxations, a fait comprendre à M. Pravaz que les raisonne-
ments théoriques relatifs à ces sortes de déplacements avaient
manqué d'exactitude.

Il a prouvé par des exemples authentiques que l'exarticulation du fémur peut se produire, à une époque plus ou
moins éloignée de la naissance, sans présenter aucun symptôme morbide ; et il s'en est cru autorisé à avancer que le
plus grand nombre, peut-être, des luxations prétendues
congénitales, était consécutif aux premiers essais de progression, et ne supposait aucun vice primitif de l'ostéogénie.

Après avoir donné l'histoire détaillée d'un sujet de dix
ans, qui n'a commencé à boîter qu'à l'âge de sept ans, et
dont la luxation s'est effectuée insensiblement et sans douleur,
M. Pravaz a cherché à expliquer le mécanisme suivant lequel
cette nouvelle espèce de luxation spontanée, qui n'a pas été
mentionnée par les pathologistes, peut arriver.

L'inclinaison en avant du bassin, manifestée par l'exagé-
ration de la courbure des lombes que l'on observe chez tous
les sujets affectés de luxation dite congénitale, lui a paru la
cause principale et non l'effet, comme on l'avait supposé
d'abord, du déplacement du fémur ; et telle serait, suivant
notre confrère, la série des phénomènes qui précèdent et ac-
compagnent cette exarticulation.

Chez les sujets disposés au rachitisme, le poids des viscères abdominaux , ordinairement engorgés, déplace le centre de gravité et fait basculer le bassin d'arrière en avant , de telle sorte, que les têtes fémorales au lieu de s'appuyer sur la portion iliaque de la cavité cotyloïde, correspondent à l'espace cartilagineux , qui sépare , dans les premières années de la vie , l'ilium de l'ischium. Elles s'échapperaient dès lors immédiatement du cotyle , si elles n'étaient retenues par la résistance de la capsule articulaire qui ne se laisse distendre que progressivement.

Certaines circonstances générales ou particulières peuvent accélérer cette distension. Telles sont , parmi les premières , la faiblesse du système musculaire , ou un relâchement insolite du système ligamenteux; et parmi les secondes, l'habitude de s'appuyer plus ordinairement sur un seul des membres abdominaux , ou l'exercice du *saut à cloche-pied*.

M. Pravaz a vu trois fois cet exercice déterminer l'exarticulation, qui était seulement imminente par le changement de direction du bassin.

Cette nouvelle étiologie, Messieurs, entraîne deux déductions fort importantes sous le rapport pratique. Elle établit , en premier lieu, que dans un certain nombre de cas de luxations, supposées jusqu'ici congénitales, sinon dans la majorité de ces cas, il n'y a point d'arrêt *primitif* de développement des éléments articulaires , et par conséquent nulle cause qui pût s'opposer à une coaptation satisfaisante. Elle conduit, en second lieu, à penser qu'il est possible de prévenir la luxation, lorsque la direction vicieuse du bassin et certains signes précurseurs de la sortie plus ou moins prochaine du fémur hors de sa cavité, tels que la difficulté de la progression, le balancement des hanches, font supposer que le poids du corps n'est supporté que par la capsule articulaire.

Après avoir fondé , *à priori* , sur des considérations et des faits anatomiques qu'il est impossible de contredire , la possibilité, encore contestée par quelques médecins, de réduire certaines luxations anciennes, exemptes d'altération organique essentielle, M. Pravaz est entré dans le détail des observations qui établissent que cette possibilité a été réalisée dans l'établissement orthopédique qu'il dirige.

La Société de médecine de Lyon, appelée à suivre dans toutes ses phases le traitement qui a conduit à ces résultats, a dû se tenir en garde contre les illusions et les méprises. Ce n'est pas en vain que la sollicitude de votre commission a été éveillée. Aussi, lorsqu'elle a dû procéder avant les tentatives du traitement à l'examen des jeunes sujets atteints de claudication par cause de luxation dite congénitale, elle ne s'est pas bornée, comme on l'a fait souvent, à comparer les longueurs apparentes des deux membres inférieurs, longueur qui peut varier avec et par l'inclinaison du bassin; mais elle a mesuré les distances respectives qui séparent deux points fixes symétriques, telles que les épines antérieures et supérieures de l'ilium, des malléoles ou des trochanters correspondants, en ayant égard aux différences absolues qui peuvent résulter de l'atrophie du membre luxé. Elle a également constaté la succession de plusieurs phénomènes qui précèdent ou suivent plus ou moins immédiatement la rentrée de la tête fémorale dans sa cavité naturelle, tels que l'abaissement graduel de cette tête, la douleur produite par le contact insolite des surfaces articulaires, la difficulté des mouvements de la cuisse sur le bassin dans les premiers temps de la réduction, et long-temps après l'impossibilité de fléchir complètement la jambe sur la cuisse, à cause de la brièveté du muscle droit antérieur dont la distension a été suffisante pour permettre l'abaissement de la tête articulaire, mais qui ne peut suivre encore le mouvement angulaire de la rotule.

Ces phénomènes, qui trouvent leur explication naturelle dans les lois de l'anatomie et de la physiologie, indiquent qu'après la première réduction, non seulement le repos le plus absolu est indispensable, mais encore que toute tentative de mouvement serait presque impossible.

Afin de dissiper complètement les doutes qui pourraient obscurcir encore quelques points du traitement des luxations dites congénitales du fémur, afin de répandre sur cet objet toute la lumière dont il est susceptible, le rapporteur de votre commission a cru convenable de placer sous vos yeux un triple tableau des symptômes et signes observés avant, pendant et après la réduction. Il espère que cette exposition pourra, malgré des répétitions obligées, et des détails peut-être un peu minutieux de description et de mensuration, obtenir votre assentiment, s'il en ressort un nouveau degré d'évidence, but essentiel de nos recherches.

Symptômes avant la réduction.

1° Les sujets affectés de claudication étant étendus sur un plan horizontal, et les points symétriques du bassin situés sur une même ligne transversale à l'axe du corps, la distance qui sépare l'épine iliaque antérieure et supérieure de la malléole externe a été mesurée exactement à droite et à gauche, et cette distance s'est trouvée moins grande du côté malade d'une quantité qui a varié chez les différents sujets, d'un pouce et quart à deux pouces.

2° Le grand trochanter est plus élevé et plus rapproché de la crête iliaque du côté malade que du côté sain, il est aussi plus saillant.

3° En fixant le bassin et en exerçant en même temps une traction sur le membre malade, on détermine son allongement.

4° Le mouvement d'abduction de la cuisse sur le bassin

offre moins d'étendue du côté luxé ; on observe le contraire pour la rotation du membre en dehors.

5° Le pli de l'aine est enfoncé naturellement et se laisse déprimer par la pression du doigt ; tandis que, du côté sain, les muscles de cette région sont soutenus par un plan solide.

6° Le malade étant debout, la fesse du côté luxé paraît moins arrondie, et le pli qu'elle forme est plus élevé.

7° Lorsque le malade marche, il semble que le membre luxé s'enfonce dans le tronc chaque fois qu'il sert d'appui au poids du corps. La région lombaire paraît fortement courbée en arrière.

8° Le membre malade est atrophié dans sa circonférence et a moins de force. Il est plutôt fatigué que le membre sain.

9° Chez deux sujets le membre du côté luxé s'est montré *absolument* plus court que l'autre, c'est-à-dire, qu'entre deux points saillants pris dans le membre lui-même, entre le trochanter et la malléole par exemple, il y a moins de distance qu'entre les mêmes parties du côté sain.

Symptômes pendant la réduction.

Dans les six ou huit mois qui ont précédé la réduction et pendant lesquels le membre luxé a été soumis à des efforts de traction plus ou moins prolongés, nous avons observé :

1° Le membre étant dans le repos, étendu, et non soumis aux forces extensives, la distance entre l'épine iliaque antérieure et supérieure et la malléole externe a augmenté d'autant plus, qu'on se rapprochait davantage de l'époque de la réduction.

2° Si l'on faisait marcher le malade, ou seulement si l'on rapprochait le bassin et le fémur par des efforts opposés, la brièveté primitive du membre se reproduisait.

3° A une époque rapprochée de celle où la tête fémorale a été rétablie dans sa cavité naturelle , il était difficile ou impossible par ces efforts opposés de raccourcir le membre. Cette manœuvre était empêchée comme par un obstacle placé au voisinage de la cavité cotyloïde.

4° Dans le même temps , les malades ont senti bien distinctement la tête frotter contre des surfaces inégales.

5° Dans la même période du traitement, les mouvements d'abduction étaient extrêmement limités ; et, lorsqu'on voulait les forcer , cette tentative produisait de la douleur , correspondant à l'endroit du bassin comprimé par la tête du fémur.

Symptômes après la réduction.

1° Le membre mesuré avec un fil de la maniére indiquée précédemment, est égal à l'autre membre , ou même est plus long.

2° Dans deux cas, le membre a paru plus court de deux ou trois lignes ; mais cela tenait à sa brièveté absolue qu'il était facile de constater.

3° Au moment de la réduction, le malade a senti la tête entrer dans une cavité.

4° Le malade éprouve un sentiment de pression avec douleur derrière la région inguinale. Un léger mouvement fébrile survient et dure pendant quelques jours.

5° Avant la réduction le malade redoutait l'extension. Maintenant il la désire , il craint de la voir cesser ; parce qu'elle est le seul moyen de le délivrer de cette douleur inguinale.

6° Tous les muscles de la cuisse sont dans un état de tension remarquable , et les mouvements que l'on communique à ce membre sont difficiles et douloureux.

7° La région inguinale est devenue saillante. Si on la comprime avec les doigts, on se sent arrêté par une surface résistante.

8° Si, pendant que la pulpe des doigts est appuyée sur cette région, quelqu'un fait exécuter au membre un mouvement de rotation, on sent tourner sous ses doigts la tête du fémur.

9° Dans les premières semaines qui suivent la réduction, si l'on porte la cuisse dans une forte adduction et qu'en même temps on la pousse en haut et en dehors, on reproduit la luxation avec tous ses signes ; mais la réduction est toujours facile.

10° La flexion de la jambe sur la cuisse est incomplète ; arrêtée qu'elle est par le muscle droit antérieur de la cuisse devenu relativement plus court, par suite de l'éloignement de ses points d'attache.

11° Quelques mois après la réduction, et lorsque le membre a été soumis à l'exercice du char, il prend plus de volume.

12° La douleur de l'aine disparaît.

13° Si le membre paraissait plus long au moment de la réduction, il finit par devenir égal à l'autre.

14° Au bout de deux ou trois mois de réduction, il devient impossible de reproduire la luxation.

15° Sauf les cas où le membre malade est *absolument* plus court que son congénère, la marche s'exécute avec facilité et sans claudication.

CONCLUSIONS.

Il résulte , Messieurs , de la lecture des Mémoires qui , depuis trois ans , ont été lus dans plusieurs de vos séances par M. le docteur Pravaz , que notre confrère vous avait démontré théoriquement, contre l'opinion de Palleta, de Dupuytren et de Delpech , la possibilité de réduire , dans certains cas, les déplacements de la tête du fémur qui se sont produits sans maladie articulaire et sans violence extérieure.

Il résulte de l'examen des trois jeunes sujets qui ont été soumis à votre observation , soit dans cette enceinte , soit dans l'établissement orthopédique de Montfleury ; jeunes sujets atteints de luxations réputées congénitales de la tête du fémur, et que vous avez soigneusement observés avant , pendant et après le traitement ; que chez eux la réduction de l'os luxé a été opérée , que leur guérison est positive et irréfragable.

Il résulte enfin de tout ce qui précède , que l'art de guérir s'est enrichi d'une conquête : elle était inattendue ; car on ne présumait pas que les efforts de l'orthopédie osassent se diriger vers un but que les professeurs les plus célèbres de nos Facultés avaient appelé inaccessible.

Cette découverte, comme toutes celles qui ont déplacé ou renversé certaines bases de l'édifice médical, n'a pu échapper, soit aux dénégations d'une paresseuse ignorance , soit au doute sincère de la science, façonnée à ses habitudes que le temps a consacrées, et qui ne se rompent pas aisément.

Aussi les hommes accoutumés au spectacle des révolutions scientifiques, n'ont-ils éprouvé qu'une médiocre surprise, lorsqu'ils ont appris qu'au récit de faits d'un ordre si nouveau , des murmures de doutes et d'incrédulité s'étaient fait entendre.

Aucune protestation de cette nature ne s'est élevée dans le sein de la Société de médecine de Lyon, lorsque notre honorable confrère, M. le docteur Pravaz, y a pris la parole pour vous exposer les heureux résultats de sa pratique. Il est vrai que chacun de vous, Messieurs, a pu juger par lui-même ce qui était déféré à l'observation de tous, et qu'enfin toutes les conditions se sont trouvées réunies pour que rien ne manquât à l'autorité des paroles, à l'authenticité des faits et à l'unanimité de vos suffrages.

Lu dans la séance du 13 mai 1839.

Rougier, Martin, Mermet, Baumers, Janson, Bugnard, Laroche, Levrat aîné, Repiquet, Imbert, Bonnet, Rater et Polinière, *rapporteur.*

La Société de médecine approuve , à l'unanimité, la teneur et les conclusions du présent rapport.

Pour copie conforme :

Polinière, *président ,*
Rougier , *secrétaire-général.*

NOTE

Sur l'enfant affecté de luxation congénitale du fémur, qui a été présenté à l'Académie des sciences et à l'Académie royale de médecine, par M. le docteur Pravaz.

J'ai présidé à la naissance de l'enfant dont il s'agit; il est né par les efforts d'un accouchement naturel, la tête la première, et dans la situation que les accoucheurs appellent la première position. En conséquence, il n'a subi aucune traction sur les membres inférieurs qui puisse expliquer la claudication à laquelle il a été condamné pendant toute la durée de son enfance.

Comme je n'ai jamais cessé de donner des soins à sa famille, je puis assurer qu'il n'a subi aucune lésion qui puisse donner lieu à une maladie articulaire; point de chute, point de douleur rhumatismale, point d'engorgement strumeux.

C'est donc à travers les phases d'une première enfance exempte de maladie, qu'il arriva à essayer ses premiers pas; on s'aperçut qu'il boîtait, je fus consulté à l'instant.

Je pensai d'abord que l'inégalité des deux membres était la cause de la claudication, que les progrès de l'accroissement rétabliraient l'harmonie qui n'était troublée que momentanément, qu'il suffisait, par une simple modification dans la chaussure de l'enfant, de prévenir l'influence de l'inégalité du membre sur la taille et la courbure vertébrale du sujet. Je me trompais. L'élévation de la semelle de soulier, du côté le plus court, ne remédia que momentanément au défaut de la progression, la claudication s'accrut, et le membre, au lieu de se mettre en harmonie de longueur avec celui du côté opposé, devenait toujours plus court.

Ici, la nature déviait de sa loi ordinaire, il y avait donc autre chose qu'une inégalité d'accroissement ; je me déterminai à une enquête plus minutieuse.

L'enfant me fut amené dans mon cabinet. Je le fis déshabiller, je l'étendis sur un plan horizontal, je pris la mesure du membre avec un cordon étendu du sommet du grand trochanter à la plante du pied, et les deux membres furent reconnus parfaitement égaux. Force fut alors de conclure que leur inégalité apparente ne tenait point à un défaut d'accroissement, à un arrêt de développement que démentait la mesure que je venais de prendre, mais à ce que les membres n'étaient point attachés au bassin au même niveau.

J'examinai alors le bassin pour reconnaître si l'inclinaison des os coxaux, si la projection en avant et en bas d'un de ces os n'entraînaient pas un dérangement dans la symétrie des deux membres. Il était très facile, sur un enfant maigre, d'explorer la crête de l'os des îles, de reconnaître le niveau de l'épine antérieure et supérieure, le milieu de la crête, et de se convaincre que les deux os coxaux étaient parfaitement égaux.

Certain que le raccourcissement du membre ne tenait point à la conformation des os de la cuisse et de la jambe, qu'il ne tenait point non plus à la déformation du bassin, il n'était plus possible de l'expliquer que par un déplacement.

Restait encore quelque doute sur l'obliquité plus ou moins prononcée du col du fémur, qui, en s'unissant à angle droit ou sous un angle plus ouvert avec le corps du fémur, doit influer sur la longueur du membre ; mais cette disposition, quelle qu'elle soit, ne pourrait donner ni une augmentation, ni une diminution de deux pouces à deux pouces et demi, et c'était cependant ce que présentait le défaut d'égalité entre les deux membres du sujet.

Débarrassé par cette voie d'élimination de ces suppositions diverses, j'essayai si la traction sur le membre le plus court pourrait le ramener à une longueur normale. La traction, exercée avec soin, l'entraînait, en effet, dans ce sens et prouvait que la tête fémorale n'était point emprisonnée dans la cavité cotyloïde.

Dès lors, l'existence d'une luxation n'était plus douteuse, il ne fallait plus que la confirmer par l'examen des signes qui la caractérisent dans le voisinage de l'articulation.

1° Saillie du grand trochanter plus distant de la ligne médiane prise sur le pubis que celui du côté opposé.

2° Absence de la tête fémorale de la partie la plus profonde du pli de l'aine, où une main exercée la sent se mouvoir dans l'état ordinaire.

3° Rapprochement du grand trochanter de l'épine antérieure et supérieure de l'os des îles.

Pour prendre cette mesure d'une manière concluante, je tire un trait perpendiculaire à la ligne médiane et passant par les épines antérieure et supérieure des os des îles ; le trait se prolonge de droite et de gauche au-dessus des trochanters, on voit alors distinctement que celui du membre luxé est plus haut que l'autre. La ligne oblique qui descendrait d'une épine au trochanter serait aussi plus brève dans un sens que dans l'autre.

4° La déformation de la fesse.

5° Le volume plus considérable de la cuisse dans sa partie supérieure par l'effet du relâchement du membre.

6° L'inclinaison du genou en dedans et la difficulté de porter largement la cuisse dans l'abduction, quoique ce mouvement ne soit pas aussi difficile que dans un cas de luxation accidentelle et récente.

7° Enfin, la claudication prononcée, et s'accroissant à mesure que le poids du corps devenait plus considérable.

Je ne doutai plus, dès lors, de l'existence d'une luxation congénitale ; quelques remèdes furent tentés dans l'espoir de ranimer la nutrition qui languit dans un membre hors de sa place. Les eaux d'Aix même furent conseillées dans cette intention par un de nos plus savants collègues.

Pour moi, je regardais cet état de choses comme incurable. M. le docteur Pravaz ayant établi, à Lyon, tout le nombreux appareil de machines propres à la réduction d'une telle luxation et à la maintenir réduite, je conçus alors quelques espérances que le succès a complètement couronnées.

Lyon, le 15 mars 1838.

RICHARD (DE NANCY),

Ex-chirurgien en chef de la Charité, professeur d'anatomie et de physiologie à l'École secondaire de médecine.

Note de M. le docteur Nichet.

Les trois jeunes sujets affectés de luxation congénitale du fémur, dont un a été présenté guéri à l'Académie royale de médecine, ont appelé au plus haut degré mon attention depuis leur entrée dans l'établissement orthopédique de M. Pravaz, jusqu'à leur guérison et même long-temps après. J'ai constaté à des époques très rapprochées la position de la tête du fémur, les déplacements successifs qu'elle a éprouvés par suite du traitement, enfin les phénomènes qui ont caractérisé sa présence récente et son séjour définitif dans la cavité cotyloïde. En conséquence, je puis avancer comme des vérités qui ne laissent place à aucun doute :

1° Que ces trois sujets ont été atteints d'une luxation congénitale du fémur ;

2° Qu'ils en ont été guéris par l'effet des extensions long-temps continuées, et de la coaptation méthodique auxquelles M. Pravaz les a soumis ;

3° Qu'ayant revu plusieurs fois ces enfants après leur guérison, je n'ai découvert chez eux aucun symptôme qui puisse faire douter de sa solidité, bien que chez l'un d'eux la réduction date déjà de deux ans.

Ces faits que je regarde comme des exemples certains de cure radicale de luxations congénitales du fémur, n'ont aucune similitude avec ceux qui ont été donnés comme tels par M. Humbert et que j'ai été à portée d'observer. Ainsi, Mlle *** de Lyon et Mlle *** de Salins sortant récemment de l'établissement de Morley comme guéries, m'ont offert une luxation du fémur non douteuse. Seulement, tandis que dans les luxations congénitales non encore traitées, la tête du fémur située dans la fosse iliaque externe, jouit d'une grande